Syr Deilen Lili

Anna Kemp a Sara Ogilvie

Addasiad gan Aneirin Karadog

Amser maith yn ôl, mewn cors werdd, ddofn,
roedd broga bach yn byw'n ddi-ofn.
I'w frodyr roedd yn un bach sili
ond fe'i galwai ei hun yn –

Syr Deilen Lili!

Syr Deilen Lili, un balch a rhydd
yw'r marchog a ddaw i achub y dydd!
Syr Deilen Lili, mor ddewr a doeth,
yn lladd pob pryfyn â'i gleddyf poeth.

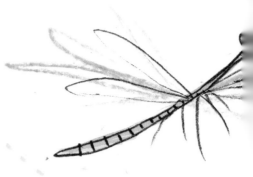

Ond nid oes neb yn poeni taten
am un sydd yr un maint â physen.

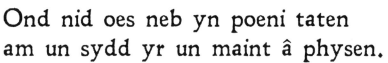

Ac felly Syr Lili a gadwai'r ffydd
y câi yntau dyfu yn fawr ryw ddydd.

Yna, yn glyd yn ei wâl, liw nos,
darllenodd lyfr a'i stori'n dlos.
Troi broga'n dywysog â sws o swyn
gan dywysoges ddiolchgar a mwyn.

Crafodd Syr Lili ei ben bach brith –
"Am syniad gwych!" ebychodd yn syth.
"Trwy fynd ac achub tywysoges go iawn
fe dyfwn o leiaf ddwy lathen lawn!"

A'r bore wedyn, yn gryf a gwrol, sbonciodd draw i'r ogof leol,

a chanfod cawr – un gwyrdd at ei glustiau

chan yn ei law, yn tendio i'w flodau.
'an sefyll yn dal, a'i grawc yn hy:
Ble mae'r dywysoges?
ho ateb i mi!"

Ysgydwodd y cawr ei ben gyda gwên,
ac meddai, "Gad hi, wy'n llawer rhy hen
ac rwyt ti'n rhy fach i waldio cewri,
cecru fel hyn a mynd i drybini!
Mae'n hwyr – cer adre nawr, da ti,
Bydd dy fam yn becso, druan â hi."

Gwridodd Syr Lili o'i gorun i'w draed.
Ai dyma'r diwedd? Na, chwilio roedd rhaid!

Ac felly syllodd drwy dwll clo'r holl dyrau . . .

. . . drwy'r goedwig

ac yna'r cae o flodau . . .

tŷ yr hen wrach

a choeden
y dewin . . .

ond di-dywysoges ydoedd pobun.

Bellach roedd Syr Lili'n fyr ei wynt

a'i drôns yn ei grafu'n waeth na chynt,

a soeglyd iawn oedd ei frechdan;
fe deimlai'n froga tila, bychan.

Ond aroswch eiliad, beth yw hyn?

Cipolwg sydyn o blethen dynn!
Llygaid pefriog a gwefusau swynol –

a chleddyf sgleiniog am ei chanol!

Ond, ta waeth, tywysoges o wraig ...
a honno yng nghrafanc filain draig!

Bloeddiodd Syr Lili â chrawc a gwg
a rhuthro at y ddraig trwy'i mwg:
"Rhyddewch y forwyn! Mae ar ben!"
cyn rhoi un proc â'i gleddyf pren.

"Sgiws mi," ebe'r ddraig, "Chi â'r arfbais,
mae sleifio fel 'na'n go anghwrtais."

Ond aeth Syr Lili yn ddewr yn ei flaen
gan ddweud ei ddweud, yn blwmp ac yn blaen.

"Nawr rhedwch o 'ma yn ôl i'ch groto,
neu fe'ch prociaf chi â'm cleddyf eto!"

"O, dal dy gledd," chwarddodd y dywysoges.
"Y ddraig yw fy ffrind – wyt ti'n gwybod yr hanes?
Wy'n ferch go handi i'w chael mewn ffeit –
sdim angen marchog arna i, oreit?"

Syr Lili ddewr, fe welwodd ef,
yn sydyn fe wylodd ag un

llef!

"Fy nhynged i fydd bod yn fac
a byth yn farchog, o am strach

Bydd brogaod mawr yn galw enwau
fel 'llinyn trôns' a phob math o bethau.
Byddaf froga bach tra byddaf byw,

ac nid Syr Deilen Lili Wiw!"

Chwarddodd hithau, dywedodd "Shgwl,
Syr Deilen Lili, paid â bod mor ddwl.
Gall brogaod bach fod yn arwyr triw.
Pam nad ymuni di 'da'n criw?"

"O, ga i, wir?" crawciodd yntau.

"Wrth gwrs, 'rhen froga,"
          winciodd hithau.

"Cwyd, Syr Deilen Lili,
yn ddi-oed,
y broga dewraf fu erioed!"

O hynny ymlaen fe dyfodd ei hyder,
a deuai'n dalach o fesur ei falchder.

Anturiodd yntau,
gan fentro sawl gwaith –

a phrocio dihirod ar hyd y daith!

Fe dorrodd grib pob bwli, o do,
ac achub cam rhai bach bob tro.

c aeth yr hanes i diroedd pell
m griw sy'n gwneud y byd 'ma'n well.

A chanrifoedd wedyn,
darllenwyd chwedlau
i benbyliaid cegrwth yn eu gwelyau
am y broga a'i anturiaethau lu –
yr un bach, ond dewr, ein Syr Lili ni.

Community Learning & Libraries
Cymuned Ddysgu a Llyfrgelloedd

This item should be returned or renewed by the
last date stamped below.

Newport
CITY COUNCIL
CYNGOR DINAS
Casnewydd

To renew visit:

www.newport.gov.uk/libraries

Syr
Deilen Lili

Cyhoeddwyd gan Rily Publications Ltd 2017
Rily Publications Ltd Blwch Post 257, Caerffili CF83 9FL
Hawlfraint yr addasiad © Rily Publications Ltd 2017
Addasiad gan Aneirin Karadog

Syr Deilen Lili
ISBN 978-1-84967-358-7
Cyhoeddwyd yn wreiddiol yn Saesneg yn 2015
dan y teitl *Sir Lilypad* gan Simon and Schuster UK Ltd.

Hawlfraint y testun gwreiddiol © 2015 Anna Kemp
Hawlfraint y lluniau © 2015 Sara Ogilvie

Mae Anna Kemp a Sara Ogilvie wedi datgan eu hawl i gael eu hadnabod fel awdur ac
arlunydd y gwaith hwn yn unol â Deddf Hawlfraint, Dyluniadau a Phatentau 1988.

Argraffwyd yn China

I Kyle a Matthe
- SO

I fy annwyl na
Joseph, neu 'Frogg
- AK

www.rily.co.uk